世界经典童话小说书

篾　　匠

著者／儒勒·凡尔纳 等　编译／付慧 等

吉林出版集团股份有限公司｜全国百佳图书出版单位

图书在版编目（CIP）数据

篾匠／（法）儒勒·凡尔纳等著；付慧等编译.--
长春：吉林出版集团股份有限公司，2016.12

（世界经典童话小说书系）

ISBN 978-7-5581-2114-2

Ⅰ.①篾… Ⅱ.①儒… ②付… Ⅲ.①儿童故事 – 作
品集 – 世界 Ⅳ.①I18

中国版本图书馆CIP数据核字（2017）第065114号

篾匠

MIE JIANG

著　　者　儒勒·凡尔纳 等
编　　译　付　慧 等
责任编辑　沈　航
封面设计　张　娜
开　　本　16
字　　数　50千字
印　　张　8
定　　价　18.00元
版　　次　2017年8月　第1版
印　　次　2020年10月　第4次印刷
印　　刷　三河市嵩川印刷有限公司
出　　版　吉林出版集团股份有限公司
发　　行　吉林出版集团股份有限公司
地　　址　长春市绿园区泰来街1825号
电　　话　总编办：0431-88029858
　　　　　发行部：0431-88029836
邮　　编　130011
书　　号　ISBN 978-7-5581-2114-2

前言

儿童自然单纯，本性无邪，爱默生说："儿童是永恒的弥赛亚，他降临到堕落的人间，就是为了引导人们返回天堂。"人们总是期待着保留这份童真，这份无邪本性。

每一个儿童都充满着求知的欲望，对于各种新奇的事物，都有着一种强烈的好奇心，这样在成长的过程中就不可避免地被好的或坏的事物所影响。教育的问题总是让每个父母伤透了脑筋，生怕孩子们早早地磨灭了童真，泯灭了感知美好事物的天性。童话很好地解决了这个问题，让儿童始终心存美好。

徜徉在童话的森林，沿着崎岖的小径一路向前，便会发现王子、公主、小裁缝、呆小子、灰姑娘就在我们身边，怪物、隐身帽、魔法鞋、沙精随时会让我们大吃一惊。展开想象的翅膀，心游万仞，永无岛上定然满是欢乐与自由，小家伙们随心所欲地演绎着自己的传奇。或有稚童捧着双颊，遥望星空，神游天外，幻想着未知的世界，编织着美丽的梦想。那双渴望的眸子，眨呀眨的，明亮异常，即使群星都暗淡了，它也仍会闪烁不停。

　　童心总是相通的，一篇童话，便会开启一扇心灵之窗，透过这扇窗，让稚童得以窥探森林深处的秘密。每一篇童话都会有意无意地激发稚童的想象力和感知力，让他们在那里深刻地体验潜藏其中的幸福感、喜悦感和安全感，并且让这种体验长久地驻留在孩子的内心，滋养孩子的心灵。愿这套《世界经典童话小说书系》对儿童健康成长能起到一点儿助益，这样也算是不违出版此书的初心了。

编者

2017 年 3 月 21 日

目录
MULU

杜罗·科菲

很久以前，在加纳国一个偏僻的深山里，住着一个贫苦的女人。

她的丈夫原先是一位骁勇善战的将军，在抵抗萨萨邦萨姆王国的战争中战死。

为躲避追杀，女人带着三个年幼的儿子躲进深山密林，过着与世隔绝的日子。

他们拓荒捕猎、辛勤劳作，虽然生活非常艰苦，但三个儿子茁壮成长，能干又听话。

望着渐渐长大成人的儿子，女人很欣慰。

一天，她被毒蛇咬伤。

"儿子们，我不行了。我死后，你们要离开这里，去外面谋生。可惜我还有一个愿望未了。"女人勉强打起精神。

"妈妈，您还有什么愿望？"三个儿子轻轻摇晃着母亲，眼睛里充满了泪水。

"我想问问，我死了以后，你们准备用什么方式来表达对妈妈的爱？"女人面带微笑地望着他们。

"妈妈，您死了以后，我要在对面的峭壁上挖个洞，将您的遗体放进去，让您永远不再受到打扰。"大儿子回答。

"妈妈，您死了以后，我会把满山的鲜花采来，放在您的身旁。"二儿子回答。

"杜罗·科菲，你打算怎么做呢？"母亲望着小儿子。

"妈妈，您死了以后，我要亲手杀死萨萨邦萨姆国王，将他的金头供奉在您的遗体前，为我的父亲报仇雪恨！"小儿子杜罗·科菲回答。

女人听了小儿子的话，微微一笑，安祥地闭上了眼睛。母亲死后，大儿子和二儿子去履行承诺。

杜罗·科菲也动身离开丛林，踏上了寻找萨萨邦萨姆国王的征程。

傍晚时分，他发现丛林边缘有一间破烂不堪的房子，里面透出昏暗的光。

杜罗·科菲上前轻轻敲了几下门。

"这么晚了，是谁在敲门呀？"一个苍老的女声传出。

"老人家，天黑了，我想借宿一晚，可以吗？"杜罗·科菲毕恭毕敬。

"哦，进来吧！"女人答应了。

杜罗·科菲走进屋，四下寻找主人。

"年轻人，我在这儿。"从角落里传来一个声音。

杜罗·科菲循声望去，看见角落里蜷缩着一个瘦小的老婆婆。

借着灯光，他发现老婆婆满脸皱纹，两只眼睛里闪着幽灵般的光。杜罗·科菲吓了一跳，不由得后退了几步，想转身离开。

"别害怕，快过来吧！"老婆婆说。

杜罗·科菲回头望着角落里的老婆婆。

"年轻人，我在这儿住了十几年，还从没有人来过。你是怎么走到这里的，有什么事？"老婆婆挪动了一下身子。

"我要去找萨萨邦萨姆国王，用他的金头来祭奠我死去的母亲。"杜罗·科菲回答。

"天啊，年轻人，你有什么本事，敢说这样的大话，你可知道他是个什么样的人吗？"老婆婆提高了嗓音。

"不管他是什么样的人，我必须杀了他。"杜罗·科菲斩钉截铁。

"萨萨邦萨姆国王身如铁塔，头像战鼓，而且残暴无比、杀人如麻，想杀他的人很多，但没有一个成功的。看得出来，你是个好人，所以我不希望你去送死。"老婆婆试图劝阻他。

"老婆婆，您能告诉我怎样才能找到他吗？"杜罗·科菲请求道。

"找到他很容易，但有很多巫师在他身边，你会很危险的。"老婆婆回答。

"老婆婆，请告诉我，怎样才能杀了他？"杜罗·科菲继续问。

"我可以把他的秘密告诉你，但有个条件，你必须在这儿服侍我三天，三天后我会帮你实现愿望。"老婆婆说。

听了老婆婆的话，杜罗·科菲欣喜万分，服侍她三天。

在这三天里，老婆婆告诉他很多关于萨萨邦萨姆国王的传说。

"它叫杜罗·科菲，不管你遇到什么困难都会帮助你，并且能满足你的所有要求。"临别时，她送给杜罗·科菲一个神器。

"老婆婆，这真是太巧了！您说这个神器叫杜罗·科菲，我的名字也叫杜罗·科菲，难道这是天意吗？"杜罗·科菲很吃惊。

"算是吧！这个神器很灵，你需要帮助时，就把它放到耳旁，它会帮你想出办法。但是，年轻人，你可别忘了，等你实现了愿望一定要报答我。"老婆婆笑了笑。

"老婆婆，要我怎么报答您？"杜罗·科菲忙问。

"我很寂寞，想要一条狗。"老婆婆回答。

杜罗·科菲告别老婆婆，带着神器上路了。

他走过茫茫原野，穿过条条溪流，最后实在走不动了，疲惫地坐在一棵大树下休息。

望着落日，想到不知何时才能找到萨萨邦萨姆国王，杜罗·科菲不禁发起愁来。

这时，他忽然想起了神器，既然老婆婆说得那么肯定，那何不请它帮忙呢！

"喂，杜罗·科菲，你能否帮我找到萨萨邦萨姆国王？"杜罗·科菲把神器放到耳边。

杜罗·科菲话音刚落，眼前立刻出现一双鞋。他穿上

鞋，山山水水在脚下飞驰而过，转眼间就到了一座城堡。

"这是萨萨邦萨姆国王的城堡吗?"杜罗·科菲问神器。

"是的，正是他的城堡。"神器回答。

此时，全城的人都在为国王建造新宫殿。

杜罗·科菲爬到一棵树上观察。

天渐渐黑了下来，人们收工了，工棚里摆出很多盘饭菜，准备吃晚饭。

杜罗·科菲从树上下来，混入人群。

工地的人很多，相互间并不完全熟悉，杜罗·科菲和工匠们边吃边聊。

"干了一天活儿，想不想喝点儿酒?"杜罗·科菲问大家。

"小伙子，国王什么时候让咱们喝过酒啊!"工匠们抱怨道。

"杜罗·科菲，快给大家上酒!"杜罗·科菲大喊。

话音刚落，每位工匠面前立刻出现一杯酒，而且怎么也喝不没。

一会儿工夫，工匠们全都酩酊大醉了。

杜罗·科菲也喝了一杯，然后趁着夜色回到树上，观察城堡里的动静。

一个巫师算出有人要刺杀国王。

侍卫将巫师的话转告给国王。萨萨邦萨姆国王听后勃然大怒，下令把巫师处死。

半夜，城里的百姓全都睡熟了。

"杜罗·科菲，行刺萨萨邦萨姆国王相当困难。宫殿里有八十一间屋子，他住在最里面的那一间。宫殿里的门都非常牢固，每道门都有卫兵看守。只有照我说的办，才会畅通无阻。每走到一扇门前，都用我去敲击，门就会自动打开，卫兵也会倒在你脚下。你敲开最后一扇门，会看见萨萨邦萨姆国王正在酣睡。你走进去，他床边有一把雕龙宝刀，用这把刀砍掉他的金头。但你千万要记住，绝不能让金头落地，否则他的血就会像滔滔江水一样把你淹死。"神器对杜罗·科菲说。

杜罗·科菲按照神器说的——敲开房门，最后走进萨萨邦萨姆国王的房间，手起刀落，砍下了他的金头。

此时，神器往杜罗·科菲身上吹了一口气，杜罗·科菲立刻长出了一双翅膀，飞出王宫。

第二天天刚亮，百姓们发现殷红的鲜血从紧闭的宫门里流出来，赶紧推开宫门，看见宫殿里血流成河。

人们走进国王的房间，发现他的金头不见了。

国王被刺杀的消息很快在城堡里流传开了，人们奔走相告，欢呼庆祝。

一个巫婆得知消息，认为这是一个绝好的机会，如果能取回金头，自己就可以当上新国王。

想到这里，她立刻念动咒语，欲将把国王金头带走的人抓住，并用神剑刺穿他的脸颊，砍下他的头颅。

"快飞吧，飞到拿走国王金头的人面前，把他拦住，等候我的处置。"巫婆念动咒语。

她的话音刚落，魔符就飞出屋子，朝杜罗·科菲追赶过

去。杜罗·科菲带着金头正在走，忽觉一阵阴风吹过，一张魔符横在他的面前。

"我怎么动不了了？"杜罗·科菲慌了。

"主人，是巫婆在作祟，她在追杀你。你只要将几片树叶放到嘴里嚼碎，吐到魔符上，魔咒就会自动破解。"神器回答。

杜罗·科菲急忙将几片树叶放进嘴里咀嚼。

树叶又辣又涩，但他已经顾不了这些，将树叶嚼碎，吐在魔符上。

魔符应声倒下，杜罗·科菲又行动自如了。

"神器，你刚才说巫婆正在追赶我，那我们该怎么办？"他抬脚将巫婆的魔符踢到一边，然后问神器。

"巫婆已经发下三个毒愿，第一要抓住你，第二要用剑刺穿你的脸颊，第三要割下你的头颅。不过有我在，你不用害怕。"神器回答。

它的话音刚落，杜罗·科菲面前就出现了一双鞋子。

杜罗·科菲明白，这是双飞行鞋，立刻穿上，腾空而起。他们刚刚飞走，巫婆就赶到了。

看见魔符倒在一边，她惊讶不已。

"怎么回事，为什么不拦住他，你知道金头对我有多么重要吗?"巫婆拾起魔符。

"主人，一定有人暗中帮助杜罗·科菲。我拦住了他，可是他突然从树上摘下几片叶子，放进嘴里嚼烂，吐在我身上，我当时就不能动弹了，眼巴巴看着他逃跑了。"魔符很委屈。

"什么? 杜罗·科菲是穿飞行鞋跑的?"巫婆不解地问。

"是他身边的高人给他的。"魔符回答。

听了魔符的话，巫婆将它擦干净，再次念动咒语。

"快飞吧，飞到拿走国王金头的人面前，把他拦住，等候我的处置。"她对魔符念道。

巫婆话音刚落，魔符立刻从她手中飞出，很快就追上了杜罗·科菲。

杜罗·科菲没想到魔符这么快就追上来了，感觉双脚又像生根了一样。他又像上次一样把树叶嚼碎吐在魔符上，但这次不灵了。

"神器，魔符又把我定住了！"杜罗·科菲惊慌失措。

"你只要咬破食指，将血涂在魔符上，巫婆的魔法就破解了。"神器说道。

杜罗·科菲赶紧照做，魔符立刻倒了下去。

他将魔符踢到一边，再次飞走了。

巫婆风风火火赶来，但还是晚了一步。

"这到底是怎么回事，你怎么又让他跑了？他有了金头，有朝一日这个王国就是他的了！一旦他做了国王，我们这些巫师的命运就难说了！"巫婆捡起魔符大声呵斥。

魔符向她讲述了事情经过。

自己的法术竟然被轻易破解，巫婆感到非常吃惊。

巫婆掐指一算，得知杜罗·科菲已经回家。

"可恶的杜罗·科菲已经到家了，我们现在无计可施，只能等待机会了。"说完，她拿起魔符一溜烟飞走了。

杜罗·科菲回到家中，两位哥哥已经兑现了各自的承诺，见弟弟提来了萨萨邦萨姆国王的金头，立即为母亲举行葬礼。

他们将母亲安葬在摆满鲜花的山洞里，把萨萨邦萨姆国王的金头供奉在母亲脚下。

三兄弟祭奠完毕，将洞口封上，然后按照母亲的遗愿，各奔东西。

杜罗·科菲来到了赠给他神器的老婆婆家，向她讲述了事情经过，并说愿意服侍她一辈子。

他带着老婆婆来到一座城市。

神器为他们买下了一座美丽的大庄园，请了一个佣人照顾老婆婆，还雇了很多人种地。

杜罗·科菲心地善良，很快成了家喻户晓的大善人。

虽然杜罗·科菲相貌英俊、身材魁梧，但始终也没有遇到喜欢的姑娘。

他几次对神器诉说自己的苦闷，可神器告诉他，感情的事它帮不上忙。

为此，杜罗·科菲越发苦闷。

一天，庄园里的仆人告诉他，城里来了一位美若天仙的姑娘。

姑娘将一个木偶挂在树上，说有谁能在百步之外射中它的左眼，就嫁给他。

听了仆人的话，杜罗·科菲仿佛觉得美丽的姑娘就在眼前，再也按捺不住了。

杜罗·科菲骑马走出庄园，跟着仆人来到一个广场。

广场上，一个身材窈窕、容貌俊俏的姑娘，正站在一棵大树下向他这边凝视。

杜罗·科菲心中暗喜。

"神器，我非常喜欢这个姑娘，你一定要帮我获胜。"杜罗·科菲低声对神器说道。

"主人，你不能喜欢这个女人，她来这里的目的就是为了取下你的头颅。"神器劝道。

"这么美丽的姑娘为什么要杀我，我跟她有什么深仇大恨吗?"杜罗·科菲吓得脸色苍白。

"这个姑娘其实就是几年前追杀你的那个巫婆，她今天来这里找你，就是想杀了你，取回萨萨邦萨姆国王的金头。"神器解释道。

杜罗·科菲完全没有想到，这件事过去了这么久还没结束。广场上很多年轻人都在射箭，但没有一个人能射中木偶的左眼。

"大家快看，杜罗·科菲先生来了，他一定能射中目标！"人群中一个小孩儿大声喊道。

"小弟弟，你说得很对，我早就听说过关于大英雄杜罗·科菲的故事！我非常敬仰他，希望他能射中目标！"站在树下的姑娘也跟着高声呼喊，并向杜罗·科菲招手。

"杜罗·科菲，那个姑娘喊我去射箭，我该怎么办？"杜罗·科菲问神器。

"你可以去，也一定能射中目标。但在你射中目标的一刹那，她会猛扑过来。你不要犹豫，使劲击打她的前胸，那里藏着两瓶火药。如果她抱住了你，你就会立刻化为灰烬。"神器回答。

杜罗·科菲牢记神器的话，下马走过去。

众人见他来了，立刻让开一条路。

杜罗·科菲见姑娘目不转睛地望着自己，心里乱极了，真想跑上去，但想到神器的叮嘱，又止住了脚步。

他拿起一支箭搭在弦上，把弓拉圆，然后松开手。

箭头稳稳钉在木偶的左眼上，人群里立刻爆发出一片欢呼声。

还没等杜罗·科菲放下弓，姑娘就发疯似的冲过来。

杜罗·科菲早有准备，还没等她扑到自己，就挥拳向她胸口打去。

两个火药瓶从姑娘的胸前飞出去，在人群外爆炸。

"杜罗·科菲，既然你不喜欢我，为什么还要来参加比赛！更可恨的是，你还当着这么多人的面羞辱我，让我今后没脸做人！"姑娘见阴谋被识破，立刻假装生气，呜呜地哭起来。

人们信以为真，纷纷谴责杜罗·科菲。

"美丽的姑娘，我并没有侮辱你，我只是把你身上的火药瓶拿开了，以免伤害到大家。如果你无处可去，就去我的庄园吧，我会好好款待你的。"杜罗·科菲对姑娘说道。

"我曾发誓，谁射中了木偶的左眼，就嫁给他。既然你射中了，那我就嫁给你。"听了他的话，姑娘破涕为笑。

姑娘骑上杜罗·科菲的马，人们发出喝彩。

杜罗·科菲跳上马背，带她回到庄园。

吃完晚饭，他们住到了一起。

半夜时分，见杜罗·科菲睡着了，姑娘立刻变成一个巨人，准备吃掉他。

可是神器马上变成了一只猫，拼命地抓咬姑娘，她只好变回原形。

"亲爱的杜罗·科菲，我非常讨厌猫的叫声，请把它从屋里赶出去吧，否则我睡不着觉。"她叫醒杜罗·科菲。

"猫是我的生命，没有它在，我也睡不着觉。"杜罗·科菲说。

一个星期过去了，在神器的保护下，杜罗·科菲安然无恙。

  "我思念家乡，更思念母亲，想回去看看，你送送我吧！"姑娘一计不成又生一计。

  杜罗·科菲有些犹豫。

  "你可以去送她。途中，她会变成萨萨邦萨姆国王，你只要将三粒魔豆扔到她胸前，就会让她现形。你们会遇见一个岔路口，你要沿着小路走，我的主人会在那儿等你。"神器悄声告诉他。

杜罗·科菲陪姑娘走了很长一段路。

"我就送到这儿吧，给你父母带好！"当来到一个岔路口时，他停住了脚步。

姑娘拉着杜罗·科菲的手，坚持要他再送一段。但杜罗·科菲记住了神器的话，坚决不肯往前走。

姑娘立刻变成了萨萨邦萨姆国王。杜罗·科菲早有准备，迅速将三粒魔豆扔到她胸前。

姑娘马上变成了一只温驯的小狗。

杜罗·科菲抱起它，走上小路。

老婆婆正在小路的尽头等着他。

杜罗·科菲赶紧跑上前，把小狗交到老婆婆的手里。

"谢谢你这段时间照顾我，但我不喜欢过那种被人服侍的生活。现在你不用担心了，任何人都奈何不了你。用不了多久，你就会遇见一个美丽的姑娘，你们要好好地生活。"老婆婆抱着小狗，开心地笑了笑，然后消失了。

两个孤儿

从前，有一个名叫塞恩的穷人，靠捕鱼为生。塞恩的妻子早些年不幸去世，剩下他和两个儿子相依为命。为了编织鱼篓，塞恩经常带着大儿子去森林采集藤条，让小儿子看家。

一天，小儿子也想跟着父亲去森林，看看父亲是怎样干活儿的。

"爸爸，我不想一个人留在家，带我一起去吧！"小儿子请求说。

父亲同意了小儿子的请求，带着他们一起来到森林。

　　小儿子仔细观察着父亲的一举一动，握刀砍藤条，劈成粗细均匀的篾条，编成鱼篓，捕鱼，直到把鱼烤熟。

　　大儿子虽然经常跟父亲砍藤条，可从不关心这些。

　　一天，父子三人又去砍藤条。由于忘了带火柴，父亲便去砍下一根枯死的竹子，截成两段，使劲儿摩擦，终于冒出火花，点着柴火把鱼烤熟了。

　　父子三人美美地吃了一顿，高兴地回家了。没想到，父亲突然患重病去世了，两个孩子一下成了孤儿。他们靠父亲留下的一点儿钱度日，可没几个月就花光了。

　　"哥哥，过去有父亲照顾，我们不愁吃穿。现在父亲去世了，我们太小，该怎样活下去呀，难道我们去讨饭吗？"弟弟十分苦恼。

　　"那你说怎么办？"哥哥也没有办法。

　　"我们不能继承父业吗？"弟弟问道。

　　"父亲是如何编鱼篓，如何捕鱼，我都不知道。我们还是去讨饭或者当用人，等长大了再说吧！"哥哥无奈地说。

"不，我不去给别人干活儿，寄人篱下，遭人白眼，那是什么滋味儿啊！"弟弟态度十分坚定。

"可你还记得父亲是怎么干活儿的吗？"哥哥皱着眉头。

"我全记住了，我们就用父亲留下的那把刀养活自己。"弟弟信心十足。

聪明伶俐的弟弟按照父亲的方法，成功地捕到了鱼。

"父亲过去只是捕鱼，怎么不去捕捉森林里的动物呢？森林里有很多野猪、麇子和其他动物，我们设下圈套，也许能捉到野猪呢！"弟弟对哥哥说。

于是，两人一起走进森林。

"我口渴了。"走了一会儿，哥哥突然说道。

"父亲找水的方法是在湿润的地方往下挖，挖一会儿就会冒出水来，你试一试！"弟弟如是说道。

"这么累，怎么挖得动啊！"哥哥抱怨道。

"那我们就往前走，也许能遇到小溪。"弟弟提议说。

没走多久，他们果然看到一条小溪，水面上开满了莲花，还有莲蓬。两人跳进水里一边洗澡，一边采莲子吃。

洗完澡他们躺在草地上休息一会儿，又爬起来继续往前走。他们来到人迹罕至的深山老林，看见了很多动物。

弟弟在树上搭个窝棚住了下来，然后又去砍了一些藤条，编成圈套，并把圈套放在动物们经常出没的地方。

一只野猪从远处走来，一头撞进弟弟布下的圈套。野猪拼命挣扎，越挣扎套子越紧，慢慢地被勒得断气了。

兄弟二人第一次逮到野猪，心里别提有多高兴了，可是当他们准备烤肉时，发现火柴用光了。

哥哥一筹莫展，这时弟弟想起了父亲摩擦取火的做法，便找来两根枯竹子，用力摩擦，终于点着了火，把野猪烤熟。

兄弟二人就这样在森林里生活了很长一段时间。

一天晚上，弟弟发现窝棚附近有一头大象。

"我们捉这头大象吧！"弟弟十分兴奋。

"大象那么大，你哪能捉住它？如果把它惹火了，咱俩肯定遭殃。"哥哥赶紧制止。

"不用担心，你就等着好了，我去收拾它。"弟弟安慰哥哥说。

第二天，弟弟做了一个又大又结实的圈套，放在大象

经常走动的路口。

晚上，大象像平常一样来到这里，一下就中了圈套。它拼命地吼叫、挣扎，但都无济于事，最后慢慢地死去了。弟兄二人美美地吃着象肉，肉香传到森林里的每个角落，一直飘到魔王的住处。

"谁烤的肉这么香，我得去看一看。"魔王疑惑道。

话音刚落，魔王便立刻拿起魔棍，腾云驾雾，终于发现森林中冒出的一股浓烟。魔王来到近处一看，是两个孩子正在烤象肉。

"今天真幸运，不仅可以吃到烤象肉，还能吃到人。"魔王想。

"喂，哪儿来的两个小家伙儿？"魔王大声喊道。

哥哥见到魔王可怕的样子，心想，这一定是老人们常说的魔鬼，吓得直哆嗦。

弟弟看到魔王的牙齿像一把大铁铲，长着圆鼓鼓的红眼睛，身体大得像骆驼，头发乱蓬蓬的，长长的胡须，心想这一定是魔鬼。

弟弟定了定神，后退了几步，眼巴巴地看着那个怪人把象肉一口口吃掉。

"你是怎样弄到这头大象的？"魔王问弟弟。

"你尽管吃，就别问了。"弟弟对魔王说。

"快说，你到底是怎样搞到象肉的，不然我连你一块儿吃掉！"魔王威胁道。

"大象中了我的圈套。"弟弟只好实话实说。

"人不大，倒会撒谎，可能是大象自己死掉的吧！你敢骗我，我立即吃掉你。"魔王并不相信弟弟的话。

"我没有撒谎，你看，圈套还在那边呢！"弟弟指着远处说。

"这圈套真是你自己做的？"魔王追问道。

"是的。"弟弟回答说。

"这圈套真有这么厉害？我倒想亲自试试。"魔王十分傲慢。

"请您进去吧！"弟弟拿起圈套对魔王说。

魔王看见圈套是用藤条编的，心想只要轻轻一动，就会把它挣得粉碎，于是就钻了进去。

没想到，当魔王钻进圈套后，就被紧紧勒住了。

魔王大声吼着，使尽浑身解数，都无法挣脱。他筋疲力尽不能动弹，终于知道了圈套的厉害。

"可怜可怜我吧，刚才是我不对，留我一条命吧！"魔王哀求道。

"相信了吧！你吃了烤象肉还想吃我，我才不会轻饶你。今天晚饭正好没菜了，我要吃你的肝儿。"弟弟恐吓说。

说完，弟弟就叫哥哥去砍竹子，要把魔王的肝儿在火上烤着吃。

听说要挖自己的肝儿，魔王吓得直打哆嗦。

“小兄弟，求你放了我，我送你们一条魔巾。如果你杀了我，我的王国就会灭亡，我的妻子和孩子也就无依无靠了。”魔王恳求道。

“魔巾有什么用？”弟弟问道。

“只要挥一下魔巾，要什么就有什么。”魔王回答说。

弟弟觉得魔王会骗自己，一旦放了他，他可能会纠集手下来收拾自己。

“我把王国交给你们，我来当你们的卫士，求求你放过我的妻儿。”见弟弟并没有放了自己的意思，魔王继续恳求。

“你的王国在哪儿？”弟弟又问道。

“我用树枝做路标，放在每个岔路口，你按照路标走，就能到达我的王国。”魔王回答说。

魔王回宫并摆下路标，对守城的士兵说，明天会有两个男孩儿来，要挡住他们，这两个孩子非同一般，威力无比，但如果他们执意要进，再放他们进来。

第二天，兄弟二人按照路标来到了魔王的宫殿门前。

哥哥见众魔鬼手持兵器严密把守，吓得魂不附体。弟弟却毫不畏惧，让哥哥鼓起勇气和他一起进城。

卫兵们只好开门放他们进去，两兄弟顺利地通过七道大门，来到魔王的宫殿。

此时的魔王在宫殿里睡得正香，两边有宫女拿着蒲扇为他扇风。

"你这个家伙，快起来！"弟弟大吼一声。

魔王从睡梦中惊醒，看见两兄弟站在他的床前，就马上下令召集文武大臣。

"从今天起，大家要尊重他们，就像过去尊重我一样。我现在就把王位交给他们了。"魔王当众宣布。

话音刚落，大家就依次来到新国王的面前叩拜。弟弟不愿意当国王，就把王位让给了哥哥。

几年后，魔王又将自己的两个女儿分别许配给了两兄弟，并为他们举行了隆重的婚礼。

篾　匠

　　父母去世后，帮奇和普安两兄弟相依为命。寺庙长老收留了他们。五年后，兄弟俩请求师父允许他们还俗。

　　"你去中国吧，在那里，你会交上好运的。"师父对帮奇说道。

　　"你将成为统治两个王国的国王。但你要记住三点：一，即使再疲惫，也不要马上睡觉；二，娶妻之前，要好好地研究一下她的母亲；三，睡觉时不要与妻子说话。"师父对普安说，说完就让他们离开了。

　　兄弟俩拜别师父，各自谋生去了。

帮奇到了中国，做生意挣了很多钱。

普安则投靠亲戚，并由亲戚做主，娶了一个妻子。他忘记了师父的嘱咐，婚前并没有考察岳母的为人，婚后日子过得十分艰难。

一天，一艘中国商船经过码头。

"船主，您认不认识一个叫帮奇的人啊？"普安向船主打听哥哥的消息。

"我还真认识一个帮奇，他非常富有。"船主回答道。

"他应该是我的哥哥，能不能让我搭您的船去找他？"普安请求道。

船主答应了。

"我要去找我的哥哥。"一回到家，普安马上把自己的想法告诉了妻子。

"你要去就去吧！"妻子冷冷地回答。

普安踏上了寻找哥哥的旅程。一路上，他细心照看着货物。商人见他善良、勤劳，便让他和自己一起吃住。

过了很多天，商船终于到达了中国。

普安和船主约定，三天后，自己还随商船回家。

普安经过多番打听，终于找到了哥哥家。

恰巧帮奇没在家，他的妻子听了普安的来意，还以为是骗子来骗钱。

"哪来的穷光蛋，竟敢冒充我丈夫的弟弟，快把他抓起来。"帮奇的妻子命令仆人把普安捆起来，扔在马厩里。

"没想到我千里迢迢来找哥哥居然是这个结果，还不如留在家乡，至少那里没有人敢欺负我。"普安暗自想道。

"有一个从你家乡来的人，自称是你弟弟。我看他衣冠不整，估计是个骗子，于是让人把他捆在马厩里，等你回来发落呢！"帮奇一回到家，妻子立即对他说道。

帮奇一听，赶紧让仆人去把普安带来。他一看，果真是自己的弟弟，立即热情款待，命人端来饭菜，还拿来了一套新衣服。

普安换上新衣服，在饭桌上向哥哥讲述了这一段时间自己的经历。

"今晚你就住在这里吧！"哥哥想了想。

他安排弟弟住下后，马上找到一个算命先生。

"麻烦您给算一下，我弟弟会不会一直这么穷下去，以后会不会富起来？"哥哥问算命先生。

"你弟弟这次在返乡途中，将会得到价值连城的宝物。中途，宝物会不见，但会失而复得。七年以后，他将成为两个王国的国王，你将在他手下做大臣。"算命先生说道。

商船如期返航，普安准备随船回家。

临行前，帮奇只送给普安一块布。

天黑了，商船抛锚，打算在一个码头上过一夜。普安想起师父的第一点嘱咐，便没有马上躺下睡觉，而是背靠桅杆坐着。

半夜时分，一个妖怪爬上船来，长长的胡须正巧落在普安的额头上。

"我抓住你了，该死的家伙！"普安抓住妖怪的胡须。

妖怪惊恐万分，想挣脱也挣脱不掉。

"你放了我吧，我送给你一条魔绳、一根魔棍和一口魔锅。如果你遇到恶人，魔绳就会自动将他捆住，魔棍会自动把他打死；如果你饿了，魔锅就会变出吃的东西。"妖怪对普安说。

妖怪把宝物递给普安，普安也就放了妖怪。

第二天一早，普安告诉船主夜里发生的事情，还把宝物拿给他看。

船主顿时起了贪念。

"你没有箱子，我先替你保管吧！"船主假意说道。

普安没有丝毫防备，答应下来。

船行至一个荒岛，岸边长着一棵无花果树。船主趁普安去摘无花果，将船开走了。普安这才明白，自己上当了，虽然非常伤心，但也只能坐在沙滩上想办法。

到了晚上，普安看见一只猪嘴里含着一颗宝珠在水面上行走，便把无花果扔向猪。猪走过来吃果子，把宝珠放在了一边。

普安瞅准机会，抓起宝珠，在水面上跑了起来，天亮时，居然追上了商船。

船主一见，只得让他上了船。听他讲述了事情经过，船主赶紧辩解了一番，又表示想保管宝珠。

"你把那几件宝物先还给我，我就把宝珠交给你保管。"普安对船主说。

船主不知是计，就把宝物用帮奇送的那块布包好，递了过去。普安抱起东西，拿着宝珠从水面上跑了。

在他离家的这段时间，妻子不守妇道，找了一个情夫住在家里。对于这一切，普安并不知情。凭借宝珠的威力，一天之后，普安回到了家。

普安在院子里的梯子旁挖了一个坑，把几件宝物埋了起来，然后才叫妻子开门。

听见普安叫门，妻子把情夫从后门放走，然后才开门。普安并没有发现什么异常，还以为妻子一直本本分分地待在家里等自己回来呢！

"哥哥都给你什么了？"临睡前，妻子问道。

"他给了我一套衣服和一块布。"普安如实回答。

妻子不相信，还哭了起来。

普安想起了师父的第二点嘱咐，不想说话了。可妻子不依不饶，他只得把得到宝物的事情和宝物埋藏的地点都告诉了妻子。

妻子的情夫正躲在外面，听到了他们的对话，把宝物都偷走了。

第二天，普安发现宝物不见了，联想到妻子的种种表现，顿时明白了一切。他把梯子捆起来，去找国王告状。

他把事情的经过禀报给国王。国王想了想，让他先换上仆人的衣服待在宫里。

三天后，国王给了普安几条有特殊花纹的裙子，让他带回家去。

"如果有人约你看跳舞，你不要来，让你妻子穿上裙子来看舞蹈。"国王嘱咐道。

第二天，国王在王宫举办盛大的舞蹈表演，让臣民们前去观看。

妻子听说普安不去，便高兴地穿上新裙子，还悄悄送给情夫一条。

国王派人将穿有特殊花纹裙子的两个人抓了来，并把普安叫到了王宫。

"这是你的妻子吗?"国王问道。

"是的。"普安回答。

"是不是你偷了普安的宝物?"国王问那个男子。

男子点头承认。国王要严惩普安的妻子和男子。

"东西找到就好,请国王饶恕他们,让他们结为夫妻吧!"普安请求道。

国王很钦佩普安的宽容和大度,便答应免去了他们的死罪。

普安将宝物都献给了国王。

"我没有什么宝物可以送给你,就把公主嫁给你、把王位传给你吧!"国王诚恳地说道。

"我不想当国王,也不敢娶公主,请您赐给我一把劈竹篾的刀吧!"普安说道。

国王命令铁匠打制了一把特殊的篾刀,做了一个精美的刀鞘,亲手交给普安。

从此以后,人们都称普安为"篾匠"。

篾匠来到另一个王国，寄居在一个大臣家中。大臣只有一个女儿，没有儿子，便收篾匠为干儿子。篾匠忠心耿耿，管教用人，治理家业，不让大臣操一点儿心。

国王要选拔一个有智慧、有责任心的人来管理国家，

于是在皇宫旁的角楼专门设立了一个值夜房，里面有舒适的床，桌子上摆放了丰盛的饭菜，让官员们轮流去值夜。值夜官员都只是吃饭睡觉，根本不把值夜的事儿放在心

上。国王一怒之下把他们都杀了。

轮到大臣值夜，他怕自己也落得如此下场，便预先准备起后事来。

大臣躺在床上不吃不喝，等待死期的到来，全家人哭成一团。

"发生了什么事情？"篾匠问道。

"前几个去皇宫值夜的官员没有一个生还的，估计我也回不来了。我本想等老了，让你来继承这份家业，看来现在你就得挑起这份重担了。"大臣悲伤地说。

"您不用为此事发愁，我替您去值夜。"篾匠拍着胸脯说道。

到了晚上，篾匠拿着篾刀去皇宫值夜，想起了师父的第一点嘱咐，所以坚持没有睡觉。

半夜，国王出来巡查。

"哪来的盗贼，竟敢偷东西！"篾匠从暗处冲出来，大声喊道。

国王大吃一惊，躲到角楼柱子后，篾匠追了过去。他们围着柱子绕来绕去，结果角楼的柱子全被砍坏了。

"我是国王。"国王大喊。

篾匠这才停了下来。国王让他继续值夜，自己回去休息了。

第二天，国王把大臣叫来。

"昨晚值夜的是谁？"国王问道。

"是我的儿子。"大臣小心翼翼地回答。

"我记得你没有儿子啊？"国王又问。

"是我收的干儿子。"大臣回答道。

国王派人把篾匠找来了。

"你叫什么名字？"国王问道。

"我叫篾匠。"篾匠毕恭毕敬。

"你昨天值夜很认真，是个负责的人，是不可多得的人才啊！"国王赞叹道。

看着精美的篾刀，国王觉得很好奇。

　　篾匠让人将七层木板叠起来，手起刀落，七层木板全断开了。国王想起昨晚的事情，惊出了一身冷汗，更加佩服篾匠。

　　"你把女儿嫁给篾匠吧，他将来会成为一个伟大的人。"国王对大臣说。

　　大臣痛快地答应了，回到家就开始张罗女儿和篾匠的婚事。

　　婚礼办得十分隆重，来了很多人，大家纷纷祝福新人。在国王的一再坚持下，篾匠继承了王位。在篾匠国王的统治下，这个王国一直国泰民安。

　　一天，篾匠国王想起了赏赐自己篾刀的国王，于是吩咐大臣代管国事，自己骑着大象，带着随从来到以前居住的王国，求见国王。

　　国王几乎已经认不出篾匠国王了，见他气度非凡，便再次萌生了让他继承王位的想法。

　　篾匠又成为一个王国的国王。

他将哥哥接来，任命他为大臣，辅佐自己治理王国。

从此以后，篾匠国王往返于两个王国之间，深入民间，了解民情。两个王国繁荣昌盛，人们安居乐业。

长腿叔叔

"每月的第一个周三真的是糟糕透了。这一天，每层楼的地板都必须光洁照人，每把椅子都要一尘不染，每条床单都不可以有半点儿皱褶。还要把九十七个活蹦乱跳的小孤儿梳理打扮一番，给他们穿上浆过的格子衬衫，并且要一一嘱咐他们注意礼貌，只要理事们一问话就要说'是的，先生''不是的，先生'。"孤儿院里最年长的乔若莎·艾伯特在自己的日记本上写下了这段话。

每逢这个周三，她都要为访客们准备三明治，并且要梳理打扮一群小孩儿，以便他们能够整齐地出现在理事们面前。从早晨5点起，她就一直在忙碌着。

周三总算圆满结束了，乔若莎终于看到车队驶出了孤儿院大门。幻觉中，她高贵华丽，漫不经心地对司机说"回家"。只不过一到家门口，整个想象又变得模糊起来，因为在这十七年里，她从未踏入过真正的家门。

李皮太太的召唤打断了她的幻觉。在长廊里，乔若莎看到最后一位理事正要离开，他高高的身影投射在墙上，像是一位长腿叔叔。

"孤儿院养大了你，你却写诗来嘲讽孤儿院。但刚走的那位先生愿意让你去念大学，想把你培养成为作家。你每月都要写信详细告诉他你的学习与生活情况。他不喜欢张扬，信就寄给约翰·史密斯好了。你一定要记得……"李皮太太对她说。乔若莎听后兴奋极了。

亲爱的送孤儿上大学的好心理事：

昨天是我第一次搭火车，感觉很新奇。

　　李皮太太告诫我要对您非常"尊敬"，但我无法对毫无个性的名字——约翰·史密斯，产生敬意。突然有人大发慈悲，使我找到了家的感觉，但我只知道您身材高大、很有钱、讨厌女孩子。身高是不会变的，因此我将称您为"亲爱的长腿叔叔"。

　　我喜欢大学，也喜欢送我上大学的您。我认识了两个新同学——态度和蔼、红发翘鼻的莎莉·麦克白和出身纽约名门望族的茱莉娅·平莱顿。可能因为我是孤儿，学校分配我住单间。

　　莎莉说她很想家，但我不会——谁也不会留恋孤儿院。莎莉帮我布置了房间，而茱莉娅则显得很冷漠。

　　　　　　　　　　　尊敬您的乔若莎·艾伯特

　　亲爱的长腿叔叔：

　　您听说过米开朗基罗和梅特林克吗？我不知道，因为我从未学过，所以闹了不少笑话。所幸的是，我在课堂上表现得并不笨。

　　我改名字了。在学校的花名册上我仍叫乔若莎，但在其他场合我叫朱蒂。朱蒂应该是一个与我完全不同、娇生惯养、没有烦恼的女孩子的名字。

　　英语老师夸奖我说我的作文别具匠心，我很高兴。这里没人知道我是孤儿，我想抛开童年孤儿院的阴影，想和其他女孩子一样可爱。我被选进了篮球队，而茱莉娅则落选了。真棒。我有了很漂亮的衣服，不是别人丢弃的，而是专为我买的。非常感激您，除了上大学，我还能拥有六件新衣服。如果现在穿别人扔掉的衣服，我会非常难过的。

永远爱您的朱蒂

亲爱的长腿叔叔：

我知道我不该奢求得到回信，但我想知道您的模样。我为您画了像，灰眼睛，廊檐般的眉毛，抿着的嘴。您肯定是一个精神饱满、脾气暴躁的老家伙。您还有头发吗？

我给自己定了一条雷打不动的规定：决不在晚上学习，只看小说。您无法想象我有多么孤陋寡闻。我现在知道了《简·爱》和《小妇人》，知道了《蒙娜丽莎的微笑》和《福尔摩斯》。

圣诞假期快到了，祝您圣诞快乐。

意外地收到了您寄来的五枚金币。我用它买了许多东西，甚至买了一双和茉莉娅一样的丝袜。

总之，我感谢您送来的七件礼物。我对同学说它们都是父母兄妹送的，您不反对扮演他们的角色吧？

快乐的朱蒂

亲爱的长腿叔叔：

我很喜欢来自德州的蓝依拉·芬顿，虽然比不上莎莉。期末复习时，茱莉娅来我屋串门，讲了很多关于她家族的事情，说她父系的最早一支是亚当以前的一群良种猿猴。告诉您个好消息，乔若莎·艾伯特要成为作家了！《月刊》在首页刊载了她的小诗——《在我的阁楼》！但还有个坏消息，我的几何、拉丁文都不及格，我正在为补考做准备，很抱歉。但我在课外书里获得了许多知识。如果我保证以后再不会有这种事情发生，您会原谅我吗？

另外，莎莉和茱莉娅都有和蔼可亲的祖母，您介意先充当一下我的祖母吗？晚安，祖母，我很爱您。

您悲伤的朱蒂

亲爱的长腿叔叔：

您从不回信，没对我表现出一丝兴趣。我既孤独又难过，浑身不舒服，甚至生病了。但是，昨晚您送来的一大盒玫瑰让我重新找回了自己，我高兴得快要发疯了。最近倒霉的事接二连三，但我要面对现实，不再牢骚满腹。我现在很快乐，我对曾经做过的一切坏事表示忏悔，我要努力成为一名作家。

五月的学校，景致美极了。我本应带您参观，但今天带的是另一位男士，茱莉娅家族的杰维·平莱顿先生——茱莉娅的叔叔。他是一位温文尔雅的人，我们度过了美好的一天。考完最后一科生物，我就要到农庄住三个月！

您的朱蒂

最亲爱的长腿叔叔：

我很喜欢农庄，这里很棒！房子是方形的。我无法绘出这里的模样。

您的秘书怎么会知道洛克威洛农庄呢？因为这里曾为杰维·平莱顿先生所拥有。现在他把农庄送给了他的保姆——山普太太。

我每天的工作就是捡鸡蛋。我去摸一个鸟窝，一只黑母鸡偷偷在那里下了蛋。我不小心从梁上摔了下来。山普太太告诉我，杰维少爷也从那儿摔下来过，也摔破了一个膝盖。

永远爱您的朱蒂于洛克威洛农庄

亲爱的长腿叔叔：

昨天下午给您写信时，信纸上出现了一位真正的"长腿叔叔"——大蜘蛛！我轻轻拎起它的一只脚，把它放到了窗外。我不会伤害它的，因为它让我想起了您。

写完信我要去读一本在楼上发现的书，书名叫《小径上》。在书的扉页上，有一个小男孩儿稚拙的笔迹：杰维·平莱顿，如果这本书迷路了，请揪着它的耳朵，送它回家。他11岁时生了一场病，曾来这儿疗养，留下了这本书。山普太太经常谈起他，我觉得他是一个可爱的、头发蓬乱的孩子，而非一位绅士。

充满感情、懒惰的孤儿朱蒂·艾伯特

亲爱的长腿叔叔：

我已经是大学二年级的学生了。离开农庄虽然有些难过，但我也喜欢学校。我已经习惯了大学生活，觉得自己已是社会上的一分子了，我真正属于它，而不是被人勉强收留。

您猜，我跟谁住一个屋？是莎莉·麦克白和茱莉娅·平莱顿。莎莉是和我事先约好的，但茱莉娅非和莎莉住一起不可。想想看，孤儿院的孤儿和平莱顿家族的成员住在一起，这真是个民主国度。

由于莎莉当选为班代表，我们258室的人都成了重要人物。选课时我不得已选了法文课。同学的法文都说得很流利，我多么希望父母当时把我丢到了法国修道院而不是孤儿院。但如果那样的话，我怎能认识您呢？我倒宁愿认识您，哪怕不会法文。

您积极参政的朱蒂·艾伯特

亲爱的长腿叔叔：

假如体育馆游泳池里盛满了柠檬果冻，一个人会漂浮还是会沉底？晚饭后吃柠檬果冻的时候有人提出这样一个问题。我们激烈争论了半个小时，也没得出结论。我们还讨论了一些别的有趣的问题。

我们赢了和大一班的篮球比赛，要是再能打赢大三班就好了。另外，莎莉邀我去她家过寒假。我很想去，因为除了洛克威洛外，我还从没去过任何人家。莎莉家是个大家庭，我一想起来就好兴奋。

您想知道我的长相吗？这是一张三人照片，面带笑容的是莎莉，目空一切的高个子是茱莉娅，头发披散到脸上的小个子是朱蒂。其实她比照片漂亮，只是太阳刺得她睁不开眼睛。

您的朱蒂

亲爱的长腿叔叔：

谢谢您圣诞节寄给我的支票和礼物。

在莎莉家，我度过了一个最美好的假期。这里的一切都是那么温馨，我连做梦都想象不到。莎莉的家人都很可亲，除了弟弟妹妹，莎莉还有一个高大英俊、在普林斯顿读书的哥哥，他叫吉米。

圣诞的第二天，他们为我举办了一场家庭舞会。您送来的礼服正好派上了用场，我幸福得要命。唯一遗憾的是李皮太太没能看到我跟吉米领跳交际舞。

今天下午，茱莉娅讨人喜欢的叔叔又来造访，与我们度过了愉快的下午时光。我和他聊起了洛克威洛的人与事，并称他为杰维少爷，他对此一点儿也不在意。茱莉娅说他从未这么友善过。我想，跟男人相处一定要明智、策略，否则就会弄巧成拙。

外面的雨下个不停，我很是忧心。

永远爱您的朱蒂

亲爱的长腿叔叔：

吉米送给我一面普林斯顿大学的校旗，但我的室友不同意我挂起来，说是破坏了房间的风格。旗子很厚实，我的浴衣已经缩水不能穿了，所以我把旗子改成了浴衣。三月的春风吹拂着万物，小鸟在枝头叫个不停，似乎在召唤着我。上周六，我们玩"捉人"游戏。双方都认为己方胜了，而我认为确实是我们胜了，因为她们都被我们抓住了。

现在我能轻而易举地通过考试了，再不会不及格了。很久以前，在我刚识字的时候，每晚入睡前都把自己想象成为正在阅读的书中人物。目前我是奥菲莉娅，我会好好帮助哈姆雷特的。

对您充满敬意的丹麦皇后奥菲莉娅

亲爱的长腿叔叔：

乔若莎·艾伯特获得了《月刊》杂志年度短篇小说奖。参赛者大多是大四学生，而她刚上大二。我们将举行春天露天演出，茱莉娅、莎莉和我要去纽约采购演出服，第二天还要和杰维少爷一起去看戏。我从未去过饭店，也没去过剧院。我们要看《哈姆雷特》，这一切都让我太兴奋了。

在纽约购物时，茱莉娅挑选的帽子好美。我简直无法想象，人生还有什么能比这更让人快乐的了——坐在试穿镜前，买下你选中的帽子而不必考虑钱的问题。买完东西，我们与杰维少爷会合，看了一场戏剧。

我忘了和您说，杰维少爷送了我们每人一大把紫罗兰和铃兰。他真好，不是吗？

永远爱您的朱蒂

大富翁台鉴：

随信附上您的五十美元支票，我的零用钱足够买帽子了。我不想接受您额外的恩惠。

您的乔若莎•艾伯特

4月10日

最亲爱的叔叔：

您能原谅我昨天写的那封信吗？信一寄出我就后悔了，我觉得这是在以怨报德。但不管怎么样，我都该还给您。因为您不属于我，而我终将要独自面对整个世界。我不能接受您太多的金钱，因为我怕无法偿还您。我会喜欢美丽的东西，但我不该拿未来作抵押。

您会原谅我的，不是吗？请原谅我的鲁莽。现在我要悄悄溜出去寄信了，希望您别长时间把我想得太坏。

永远爱您的朱蒂

4月11日

亲爱的长腿叔叔：

上周六开运动会，场面十分壮观。茱莉娅扮演肥胖的乡下女人，非常成功。莎莉和我参加了比赛项目，双双获胜。全班同学都挥舞着气球欢呼叫喊"朱蒂·艾伯特，棒不棒？""她真棒！""谁最棒？""朱蒂·艾伯特"。叔叔，这才叫出名呢!

昨晚读完了《简·爱》,十足的惩恶扬善通俗剧,却还是令人爱不释手。我对勃朗特家很感兴趣,她们的书、生活和精神令我着迷。

每个人都喜欢遇到意外的惊喜,这是人类的天性。叔叔,我认为一个人最重要的素质就是想象力。唯有这样,一个人才能为他人着想。不管怎么样,我将让我的孩子无忧无虑地成长。

这封信断断续续写了三天,我想您一定厌烦了!

朱蒂

长腿叔叔史密斯先生:

我尝试了一次科学写信法(没有冗字),您觉得怎么样?莎莉的妈妈麦克白太太邀请我暑假和他们一起去阿迪朗达克露营!他们是一家林中湖畔俱乐部的会员。会员可以在林中盖房子,可以在湖上划船,可以沿着林中小路长途跋涉去其他营区。俱乐部每周举办一次舞会。吉米·麦克白同学的到来使我们多了一个舞伴。

麦克白夫人很好，不是吗？她邀请了我，看来对我的印象不错。

请原谅我写得如此简短。我只是想让您知道，今年暑假有人会照顾我了。

您心满意足的朱蒂

亲爱的长腿叔叔：

您的秘书来信说，您不希望我接受麦克白夫人的邀请，而想让我去农庄。叔叔，这是为什么？为什么？为什么？麦克白夫人真的很想让我去，而且我也不会给他们添什么麻烦。我可以和莎莉一起学习、一起玩。叔叔，我很想去。这不是未来的大作家乔若莎·艾伯特写信给您，而仅仅是朱蒂——一个女孩子的信。

爱您的朱蒂

约翰·史密斯先生：

我将前往洛克威洛农庄度假。

永远向您致敬的乔若莎·艾伯特（小姐）

6月9日

亲爱的长腿叔叔：

这个暑假我可不敢恭维您。您让我放弃了露营，我对此非常难过。我在大学是多么寂寞，而我唯一可以牵挂的您却如幻影一般。我虽然原谅了您的专横独断，但在收到莎莉的来信时，情绪还是不免沮丧。

算了，让一切都重新开始吧！

始终如一爱您的朱蒂于洛克威洛农庄

8月3日

亲爱的长腿叔叔：

特大喜讯，平莱顿先生要来了，要在这儿休息一段时间！

我们手忙脚乱地把整座房子整理了一遍，但他还没来。我们提心吊胆地等候着，如果他不快点儿来，我们又得重新打扫一遍。

希望他能早点儿来，我真想找个人聊聊。农庄和孤儿院一模一样，都是些没有思想的交谈。经过两年的大学生活，我需要与有共同语言的人交流。

杰维少爷终于来了，我们相处得很融洽。山普太太把他惯得不成样子，如果他小时候就是这样被娇宠，那他怎么会变得这么出类拔萃呢！

他是个很好相处的人，我们一起吃饭，一起在乡间小路散步。一想到这个高大的男子（他差不多跟您一样高，叔叔）曾经坐在山普太太的腿上让她洗脸，真是可笑极了。

永远爱您的朱蒂

亲爱的长腿叔叔：

周六下午我们去爬山了，一直玩到日落，杰维少爷还做了晚餐。我们借着月光下山，一路上他讲了许多有趣的故事。我读的书他全部都读过，还有很多书他也读过，简直是博学惊人。

周日早晨，我们趁山普太太换衣服的工夫溜了出去。她相信周日去钓鱼定遭厄运。但我们还是去了，并且钓到了四条小鱼，全都烤着吃了。

叔叔，要是您也在这儿就好了，我喜欢我的朋友们能互相认识，我想问平莱顿先生是否认识您。你们应该在相同的社交圈子里活动。但我又无从问起，因为根本不知道您的真实姓名。这真是太可笑了。李皮太太告诉我您很特别，我想也应该是。

深情的朱蒂

亲爱的叔叔：

他走了，我们都很想念他。当你已经习惯了某个人，这个人的离去会让你感到心里空落落的。

再有两周就要开学了，这个暑假我写了不少东西，虽然都被退了回来。但我并不在意，只当练笔了。杰维少爷说我写得一塌糊涂，只有描写大学生活的短篇小说还不错。也许杂志社也这样认为。

爱您的朱蒂

9月10日

亲爱的长腿叔叔：

邮差刚刚送来两封信，第一封，我的小说被采用了；第二封，大学行政部来信说我将获得两年的奖学金。我以后不再是您的负担了。

我已回到学校，寝室被装点得很漂亮，一会儿我们还要去迎接五十名同学。您不让我接受奖学金，但我还是接受了。请别因为您的雏鸟要独立而生气。她已经长大了，还有一身美丽的羽毛（这都是因为您）。她将会茁壮成长。

爱您的朱蒂

9月26日

亲爱的长腿叔叔：

上周的舞会我邀请了吉米。第二天合唱音乐会上的滑稽歌曲演唱，让您的小弃儿出名了。茉莉娅、莎莉和我都穿着新衣裳。衣服如梦幻般美丽，我们都太喜欢了。

叔叔，男人的世界很单调乏味，而女人喜欢很多东西，并且永远酷爱打扮。告诉您一个我最近才发现的秘密——我很漂亮。

您送我的圣诞礼物太多了。貂皮大衣、项链，等等，所有的东西我都非常喜欢。当然最喜欢的还是您。但您没有宠坏我的义务，您这样做会让我眼花缭乱，无心读书。

现在我终于猜到，每年给孤儿院送圣诞树和冰淇淋的人是谁了。您所做的这一切好事，一定会给您带来快乐。

再见，祝您过一个非常愉快的圣诞节。

永远爱您的朱蒂

亲爱的长腿叔叔：

茱莉娅邀请我去她家过圣诞假期，我不知道茱莉娅为什么要邀请我，她最近似乎对我友善了许多。但如果您希望我安静地待在学校，我会欣然照办的。

您的朱蒂

11月9日

亲爱的长腿叔叔：

感谢您批准我去拜访茱莉娅。我想，沉默就意味着同意。在纽约的几天，美好而意义非凡，我庆幸是在孤儿院长大，而不是在那儿。不管出身多低微，至少要活得简单诚实。我只见过杰维少爷一次，可惜没能和他单独交流。

我好像发现了快乐的奥秘，那就是尽情享受生活。

您的朱蒂

亲爱的长腿叔叔：

我们快考试了！我这次不但要及格，而且要考高分。我得保住我的奖学金。

您的朱蒂

亲爱的史密斯先生：

期末考试全部过关，我正在为新学年做准备。

春回大地，校园的旖旎风光让人着迷。杰维少爷上周五

顺便来访。可惜他来的时机不对，莎莉、茱莉娅和我正好
去赶火车。我们去普林斯顿大学参加舞会和球赛，玩得非
常开心。

亲爱的史密斯先生，祝您健康。

敬礼

您真诚的乔若莎·艾伯特

亲爱的长腿叔叔：

拂晓前我们就出发上山了，看到了日出。我想多画些树
上的新叶，画了一整天，好累啊！

随信附上初次发表的画作。它看似一只蜘蛛吊在绳子
上，其实根本不是这么回事，这是我游泳的模样。上游泳
课我总是很紧张，心不在焉，进步缓慢。

您的朱蒂

5月15日

亲爱的叔叔：

我很喜欢给您写信，它使我有一种亲人的感觉。您已不再是我唯一的通信对象了。杰维少爷给我写了一封长信，还有一封从普林斯顿寄来的信。

再过十天就要放假了，大家都在忙着复习考试、整理行装。外面的世界多迷人啊，关在家里真令人伤心。不过没关系，暑假就要来了。茉莉娅要出国旅行，莎莉也要去阿迪朗达克。今年我打定主意不去农庄了，我要去做家教挣钱。

再见，叔叔！不管暑假您要做什么，都祝您愉快。别忘了朱蒂。

您的朱蒂

6月4日

亲爱的长腿叔叔：

我决心已下，不会反悔。您说夏天想送我去欧洲旅行，您真的是太好了，太大方了，但三思之后我还是不得不拒绝您。您不能惯我贪图享乐的毛病，我也不敢赊欠太多。我要去教书，要自力更生。

您的朱蒂

6月10日

亲爱的长腿叔叔：

杰维少爷今夏也要出国旅行。他知道您，知道我父母双亡，知道有一位好心的老先生送我上大学，但我没有勇气告诉他孤儿院的全部情况。他让我同他一起去旅行，但我拒绝了，尽管旅行非常吸引我。他很专制，而我只愿慢慢地被感动，而不是被强迫。他说我是个固执己见的小孩子，应该听从年长者的劝告。我们差点儿吵起来。

不管怎样，我已经到了佛罗伦斯。这里的风景很美，夏天在慢慢过去，我一直在教女孩子们。她们有点儿笨，我都怀疑她们能否考上大学，但她们很漂亮。

朱蒂

亲爱的长腿叔叔：

杰维·平莱顿先生从巴黎写来了一封信，措辞简短强硬。他说如果能及时回来，会在开学前到洛克威洛去见我。莎莉来信让我八月份去她那儿玩两周。我想和她们去玩，即使您不同意也要去。还有一个最主要的理由，我要让杰维少爷抵达洛克威洛时发现我不在。我要让他知道，他无权命令我，没有人可以命令我，除了叔叔您之外，不过也要偶尔为之。

您的信没有及时收到，因为我已经在这里了。吉米叫我去划船了，再见。

无论如何我还是爱您的，叔叔，尽管您很不讲理。

朱蒂于麦克白露营区

9月6日

亲爱的长腿叔叔：

回到学校我就是大四的学生了，还当上了《月刊》的编辑。多么不可思议，几年前的孤儿现在成了一个重要人物。杰维少爷来信说赶不回来了，祝我享受一个美好的夏天。他非常清楚我一直在莎莉这里。

深情的朱蒂

10月3日

亲爱的长腿叔叔：

我花了大半年时间写了一部长篇小说，我确信它应该被采纳，但却被退稿了。我是想在毕业之前写本巨著给您一个惊喜。不过，我承认编辑的意见是中肯的，用两周时间来观察一座大城市是远远不够的。

昨天我把书稿烧了，就像在火化我的孩子。躺在床上我心乱如麻，觉得自己将永远一事无成，浪费您的金钱。可今早醒来，一个非常美妙的构思浮现在我的脑海里。

您的朱蒂

11月17日

亲爱的长腿叔叔:

我昨晚做了一个非常有趣的梦,几乎就要看到《朱蒂·艾伯特的生平与书信》的最后一页了,可在关键时刻醒了。我差点儿就知道我嫁给了谁,何时死去。如果人能读到自己的传记,还会有勇气去面对死亡吗?

我信奉自由,信奉自我的力量。我一定会成为一个伟大的作家。我已经写完新书的前四章了,另外五章的轮廓也已勾勒出来了。

这是封很玄虚的信,您看了会头疼吗? 好了,我们要去做好吃的麦芽糖啦!

深情的朱蒂

12月14日

我最亲爱的叔叔:

您失去理智了吗? 您怎么能送我十七件圣诞礼物呢? 想想看,万一我们吵架了,我得雇一辆卡车才能把礼物退回去。很抱歉送您的围巾织得不够整齐，但却是我亲手织的。希望您能在寒冷的日子将它围上，并扣好外衣扣子。

谢谢您，叔叔，千谢万谢。您是世上最可爱的人，也是一个最傻的人。

随信附上一棵在莎莉家露营时采集的幸运草，希望它能在新的一年带给您好运。

朱蒂

12月26日

亲爱的长腿叔叔：

您愿意帮助一个父母重病、不知道如何挨过剩余冬天的

女孩儿吗？如果有一百块钱，她们的生活就能好过得多。

要不是为了她，我是不会对您开口的。

朱蒂

亲爱的慈善家：

那个女孩儿的妈妈说感谢上帝，我说应该感谢长腿叔

叔。她又说是上帝让他这样做的，我说才不是呢！是我让

他这样做的。

最感激您的朱蒂·艾伯特

1月12日

亲爱的理事：

明天是周三，一个对孤儿院而言令人厌烦的日子。理事

们又要来拍孩子们的脑袋了，请转达我对孤儿院最真挚的

问候。经过四年的大学生活，回想往事，心中油然升起一股暖意。记得刚上大学时，我曾满腹怨恨。现在，我将它视为一段不寻常的人生经历，使我能够以旁观者的角度审视生命。我对世界的认识与那些家庭条件优越的姑娘们的认识有着天壤之别。

我身边的很多女孩子已经麻木了，但我感到生命的每一刻都是快乐的。将来不管发生什么事情，我都会感到幸福。我将把所有的不幸视为一种有趣的经历，慢慢去体验。任凭风云变幻，我将直面人生。代我向李皮太太致意，别忘了告诉她，我的品行很端正。

深情的朱蒂

3月5日

亲爱的叔叔：

我和莎莉复活节到洛克威洛来了。我们想找个安静的地方度过这十天的假期。我们爬山、聊天，好好休息了一番。我们爬上了杰维少爷给我做过晚餐的山顶，睹物思人，挺想他的。

我正在写一本书。杰维少爷与那个编辑说得对，只有写自己最熟悉的东西才能创作出好作品来。我这次写的是我非常熟悉的事物——孤儿院。

四年来，我多么希望能收到您的一封回信，直到现在我还没有放弃过这个希望。

再见，亲爱的叔叔。

深情的朱蒂于洛克威洛

4月4日

亲爱的长腿叔叔：

快要举行毕业典礼了，请您一定来！茱莉娅邀请了杰维少爷，莎莉邀请了吉米。请您代表我的家人来吧！

朱蒂

5月17日

亲爱的长腿叔叔：

我的学业就要完成了。毕业典礼一切如常，我在关键时刻掉下了几滴眼泪。谢谢您送来的玫瑰花，真漂亮。杰维少爷和吉米也送了我玫瑰花，不过我把它们留在浴缸里了，毕业典礼上我捧着的是您送的花。

今年我要在洛克威洛度过夏天，也许将永远留在那里。

杰维少爷八月份会来玩一周，而吉米在夏天只能找时间来。他现在在一家证券交易所上班。

您瞧，洛克威洛并不冷清。我也期盼您能开车经过这里，虽然我知道这是不可能的。

当您没来参加我的毕业典礼的那一刻，我就将您从我心中抹掉了，永远地埋葬了。

文学院学士朱蒂·艾伯特于洛克威洛

6月19日

最亲爱的长腿叔叔：

我正沉浸在写作的激情之中，它将是您所见过的最好的一本书。

阿马萨和嘉丽五月份结婚了，他们还在这里做工，虽然和以前有了很多变化。他们变得挑剔邋遢了。我决定永不结婚，人一结婚就会走下坡路。

一如既往爱您的朱蒂于洛克威洛

7 月 24 日

最亲爱的叔叔：

我希望您能想着我，因为我很孤独。叔叔，要是能认识您该有多好啊！我想和莎莉结伴去波士顿。我知道您不会同意我的想法。不过说实话，我再也无法留在这里生活下去了。再见，我最亲爱的叔叔。我真的希望能认识您。

朱蒂

亲爱的叔叔：

我很痛苦，我能见到您吗？

朱蒂于洛克威洛

9月19日

亲爱的长腿叔叔：

这次您的字迹怎么歪歪扭扭，您生病了吗？非常挂念，如果早知道这样，我就不会拿我的事麻烦您了。

这是一千美元的支票，我卖掉了我的小说。我很开心能够回报您，除了金钱，还会用毕生的爱来回报您。

您知道，您代表着我的家庭。我现在对杰维少爷的情感更强烈了。他虽年长我十四岁，但也需要人照顾啊！我思念他，但却拒绝了他。他以为我要嫁给吉米，其实我拒绝他是因为太爱他了，怕他日后后悔。我是否该去找他，告诉他问题不在于吉米，而在于孤儿院，可这对我不也是一种伤害吗？这需要很大的勇气，我宁愿终身孤独。

两个月后我才从茱莉娅处得知，杰维少爷打猎时遇险被困，患上了肺炎，而我居然一点儿都不知道，我恨他。我想他一定很痛苦，至少我是。您认为我该怎么做才对呢？

朱蒂于洛克威洛

10月3日

最亲爱的长腿叔叔：

您真是太棒了，一想到能见到您我就高兴得发疯。多年来，我一直想见到真实的您，一个有血有肉的真人。

请多保重，别着凉。

深情的朱蒂

10月6日

我最最亲爱的杰维少爷、长腿叔叔、约翰·史密斯：

惊喜让我彻夜难眠、茶饭无思。但我希望你好好睡觉，这样才能快些好起来，来到我的身边。我要你紧靠在我的身上，我可以触摸到你，确信你是真实的。我们在一起只有短短的半个小时啊！

昨天是我一生中最美妙的一天。我不仅见到了长腿叔叔，更见到了比长腿叔叔更亲爱的人。

走进暗淡的书房，我终于看到了你！开始我还以为是叔叔给我的惊喜。你笑着伸出手说："亲爱的小朱蒂，你猜不到我就是长腿叔叔吧？"

我好迟钝啊！我竟叫你杰维。我应该对您表示敬意才对。甜蜜半个小时让我的整个世界都充满了光明。

非常想你，亲爱的杰维。此刻，我们心心相印，真真实实！我终于有了归属，这种感觉太甜蜜了。我将不让你有片刻的伤心。

始终如一爱你的朱蒂

周四早晨

海底两万里

1866年，一只巨大的海怪突然成为人们关注的焦点。

不久以前，好几艘船在海上碰见了一个庞然大物。这是一个长长的梭状物体，有时会发出奇异的光芒，体积比鲸鱼还大，行动也比鲸鱼快。根据各种观测，人们估计海怪至少有一百米长。一时间，关于海怪的各种传闻沸沸扬扬，人们对海怪的样子也提出了各种各样的猜测。

为了船只的安全，大家纷纷表态，要不惜一切代价把这个令人生畏的怪物清除掉。

对于海怪，大家的意见形成了两派：一派认为这是一种力大无穷的怪物，另一派则认为它是一艘动力强大的"海下船"。

身为法国巴黎自然博物馆教授的我认为，怪物是一种力量大得惊人的"独角鲸"。显然，我这种见解对军方来说也更容易被接受——谁也不愿意相信，潜在的敌人制造了一种让他们根本无法发现的新武器。

美国海军部组织了一艘名为"亚伯拉罕·林肯"号的快速驱逐舰，准备去清除怪物。我应邀随行。

康塞尔是我的仆人。这个忠实的小伙子在过去的十多年里，从未离开过我。他循规蹈矩，双手灵巧，什么事情都会做。

由于经常和我们这些学者接触，康塞尔渐渐学会了一些东西。他对于博物学的分类相当在行，能够将门、类、纲、亚纲、目、科、属、亚属、种、变种等分得一清二楚，简直可称得上是一名专家。不过，他的学问仅限于此。分类就是他的生活，更多的东西就不知道了。

当我提出要上驱逐舰追捕独角鲸时，他没有任何迟疑，再次随我出征。

"亚伯拉罕·林肯"号的舰长叫法拉古，是一名优秀的海员，指挥这艘战舰完全称职。法拉古对于找到并摧毁独角鲸信心十足，手下的船员也很忠诚，而且拥有来自加拿大的渔叉高手尼德·兰。

尼德·兰对海怪是否为巨型独角鲸将信将疑。在他看来，这个怪物并不一定是鲸，而更像是一只巨大的章鱼。但是他的质疑没有对我的信心产生任何影响。对于我的解释，他无从反驳，但总觉得难以接受。

军舰在海洋上游弋。大家把眼睛睁得大大的，努力观察着海面。

我们从大西洋来到太平洋，从南半球驶到北半球，可是目力所及只有荒凉浩瀚的海洋！什么巨大的独角鲸、水下的海岛、遇难的船骸、恐怖的礁石和其他超自然的东西，统统都没有！

　　三个月过去了，海员们有些泄气，开始怀疑这次搜寻行动的意义。半年后，海员们要求返航。舰长许诺最后搜寻三天，如果还没有结果就回去。

　　到了规定期限的最后时刻，一向麻木的尼德·兰突然喊叫起来。他发现了怪物！

　　尼德·兰没有弄错，我们所有人都看到了那个东西。它周身散发着强烈的光芒。我们试图捕获它，但它若无其事地同我们捉起了迷藏，时而浑身发光，时而通体暗淡。

　　天渐渐放亮，我们仔细观察着它，事实证明了我最初的判断——没错，它就是一只独角鲸，大约七十米长。

　　经过一夜一天的追逐周旋，到第二天晚上，双方形成对峙。我们率先向它发起进攻。它的速度超乎想象，以至于我们不得不放弃渔叉，改用炮弹攻击。但奇怪的是，炮弹打在它身上并没有爆炸，而是滚落到海里去了。

　　该轮到它进攻了，我心想。果然，怪物周身的光芒突然消失，一股巨浪向"亚伯拉罕·林肯"号袭来。我还没来得及抓住任何东西，便被抛进了海里。

眼看着"亚伯拉罕·林肯"号渐渐远去，我有点儿绝望了。突然，一只有力的手抓住了我的衣裳，原来是忠实的康塞尔。

刺骨的海水消耗着我们的体力，正当我们筋疲力尽就要沉入海底时，独角鲸背上的尼德·兰把我们拉出水面。他说，这个怪物不是鲸，而是钢制的——显然这个答案否定了我当初的判断。

经过仔细观察，我们断定它是一艘鱼形潜水艇。我们在艇顶苦苦挣扎。天亮时，艇盖被推开，八个壮汉走出来，把我们拖进艇里。

顺着铁梯，我们进入到一片黑暗之中。我们跌跌撞撞地沿着一条狭窄的过道往前走，最后来到一个缺口处。壮汉把我们推进缺口，嘭地一下关上了门。我们四下摸索，发现周围都是铁墙，没有窗户。我们被锁进了黑洞洞的铁牢里！半小时后，屋子里突然亮了起来，进来了两个人。我们分别用法语、英语、德语和拉丁语进行了自我介绍，但对方毫无反应。他们走后，一个侍者送来干净的衣服和食物。吃过饭，我们躺在地面的垫子上，很快进入了梦乡。

不知睡了多久，我被冷气吹醒，发现康塞尔和尼德·兰也已经醒了。

尼德·兰怒气冲冲，一会儿说要逃跑，一会儿又说要夺取这艘潜艇。大家正在商量，一个侍者走了进来。我还来不及上前拦阻，尼德·兰已经朝他猛扑过去，将他打倒在地，扼住他的咽喉。

看到这种情景，我和康塞尔扑向尼德·兰，准备从他手中救下侍者。大家僵持了好几分钟，突然一个声音传来，立刻把我们惊呆了。

"平静点儿，各位先生！"那个声音说道。

说话的是这艘潜艇的艇长。

尼德·兰松开手，侍者在艇长的示意下，跟跟跄跄地走了出去，丝毫没有表现出不满情绪，这说明艇长有着很高的威信。

"先生们，我会说法语、英语、德语和拉丁语。本来我可以在初次见面时就回应你们，但我有自己的打算。你们用不同的语言说了自己的经历，内容完全一样，这使我确信了你们的身份。"艇长说。

他告诉我们，他叫尼摩，希望我们听从命令，否则后果不堪设想。尼摩艇长还说，他们的衣食用都取自海洋。他还说自己热爱海洋，因为海洋中没有争斗、厮杀和独裁。

显然，尼摩艇长并不想置我们于死地，相反，还很乐意带我们到处逛逛。他首先带我们参观了这艘名叫"鹦鹉螺"号的潜艇，上面不仅有一个藏书一万二千册的图书室，还有用海带制成的雪茄和各种各样的海中奇珍。

尼摩艇长就是"鹦鹉螺"号的设计师。他拥有常人难以想象的财富和创造力，却又远离人群，建造了这样一艘潜艇，过着与世隔绝的生活。他还表示，攻击"亚伯拉罕·林肯"号纯属自卫行为，如今"亚伯拉罕·林肯"号应该已经平安返航了。

大概是很久没见到陌生人了，尼摩艇长的兴致很高，在介绍完"鹦鹉螺"号潜艇之后，还带我们参观了黑潮中的生物。

此时，潜艇在水下五十米深处穿越黑水流。七鳃鳗、鳐鱼、鲨鱼、鲽鱼、黄盖鲽、大菱鲆、菱鲆、箬鳎鱼、中国鳞从眼前掠过，在两个小时内，"鹦鹉螺"号受到了整整一支水族部队的护卫。我无法一一列举出这些在眼前掠过的水生动物，它们实在是太神奇了。这天晚上，我一直都在看书、记笔记、思考问题。

过了一会儿，瞌睡来了，我便躺在大叶藻制成的床上，慢慢地睡去。

第二天，尼摩艇长写了一封邀请信，请我们参加海底狩猎。按照吩咐，两个艇员走过来帮我们换上沉甸甸的防水服。我们腰挂兰可夫灯，手持能放出强电流的猎枪，整装待发。

在尼摩艇长的带领下，我们通过水密门踏上了洋底。我们沿着一片平坦的沙地前进，旁边的礁石上面覆盖着各种纷繁艳丽的海洋生物，成群的鱼儿从我们头顶游过，感觉棒极了。

不知不觉中，我们已经潜水一个多小时了，没有任何收获，大家有些灰心。突然，一只一米多高的巨型海蜘蛛出现在我们的视线里。它斜眼注视着我，像要扑过来。尽管潜水服很厚，我不会被它咬伤，但还是不禁打了一个寒战。摆脱了海蜘蛛，我们继续向前行进。尼摩艇长突然停住，端起手中的枪，扣动扳机，一只动物倒在了几米外的地方。这是一只漂亮的海獭，棕色的背脊，银白的肚皮，身后拖着一条蓬松的大尾巴。

一个艇员上前捡起这个大家伙，搭在肩膀上，然后和我们一起返回。

海底的生活并不都是令人愉快的。一天，我们透过潜艇的窗户看到了这样一幕：一艘触礁沉没的船只横在海底，甲板上的情景更叫人触目惊心。四个男子被缆绳缠在桅杆上，身体扭曲成可怕的样子。一位妇女半身探出艉楼甲板窗，手里举着个孩子，孩子的小胳膊还搂着妈妈的脖子！舵手僵立在舵轮旁，头发紧贴在前额上，似乎仍在驾驶着这条不幸的船。

我们的心在狂跳，谁也没有说话。

横渡珊瑚海两天后，我们望见了巴布亚海岸。尼摩艇长告诉我，他打算经由托里斯海峡到印度洋去。

托里斯海峡历来被水手们视为最危险的区域，遍布着礁石。果不其然，就在即将抵达海峡尽头时，艇身猛地一震，"鹦鹉螺"号触礁搁浅了。在这种涨潮不高的海里，"鹦鹉螺"号想要脱浅是很不容易的。

万幸，潜艇没有受到任何损伤。然而，尽管它不会沉没，不会裂开，可极有可能永远搁浅在这片暗礁上。这么一来，尼摩艇长的潜水艇就要完蛋了。

没想到，"鹦鹉螺"号的搁浅反而成就了我们一次非常愉快的体验。

在海底待了数月之久，尼摩艇长让我们借这个机会，驾驶小艇去陆上生活几天。

踏上久违的陆地，我们十分兴奋，甚至把饥饿都抛在了脑后。我们在树丛中跑来跑去，摘了不少香蕉、菠萝和椰子。傍晚时分，我们猎到一只白鸽和一只山鸡，后来还捉到一只吃了肉豆蔻汁醉倒的极乐鸟。

"我们今晚不回'鹦鹉螺'号，行吗？"康塞尔问。

"要是我们永远都不回去呢?"尼德·兰问。

就在这个时候,一块石头落在我们脚旁,打断了尼德·兰的话。

我们必须得逃了。二十来个土著人,手里拿着弯弓和石器,出现在不远处。

我们朝小艇跑去,土著人在后面追。我们跳进小艇,拼命地划桨,石块和箭雨点般地落在我们四周。二十分钟后,我们登上了"鹦鹉螺"号。那些土著人追赶到沙滩,划着独木舟围住"鹦鹉螺"号,企图向我们进攻。尼摩艇长将电通到艇身外壳,土著人触电后吓得魂飞魄散,慌忙逃走了。

就在这时,"鹦鹉螺"号受到海潮最后一次浪涌的推动,离开了搁浅的礁石,时间和艇长预料的分毫不差。潜艇的速度渐渐加快,继续向前航行。

两个星期后,潜艇驶进了印度洋。

尼摩艇长测量了不同深度的海水温度,发现一千米以下

的海水是恒温的。

我们还目睹了有趣的一幕：海面上有些东西闪闪发光，把大海照得如同白昼，原来是一些会发光的小水母。

正当我们饶有兴味地观察海洋时，尼摩艇长突然提出要把我们关起来。我们表示非常不理解。午饭送来了，尼德·兰和康塞尔吃了不少，我只勉强吃了一点点。他俩刚吃完，就呼呼大睡起来。我感到脑袋昏昏沉沉的，一个念头闪过——我们吃的东西被下了安眠药。为了防止我们探听他们的秘密，尼摩艇长不仅把我们关进了牢房，还给我们下了药。

他有什么秘密怕我们知道呢？

第二天早晨一觉醒来，我发现又回到了原来的卧舱。午后，艇长出现了。

"听说您以前做过医生，您愿意帮我治疗一名意外受伤的艇员吗？"艇长问我。

"当然！"我跟随艇长走进一间舱室。

　　舱室的床上，躺着一个四十来岁的男人。他伤得很重，头上缠着血迹斑斑的绷带。我解开绷带仔细检查伤口，对艇长说这人活不过两个小时了。

　　第二天，尼摩艇长再次邀请我们三个出艇一游。这次出来，我见到了印象深刻的珊瑚墓地。在壮丽的珊瑚树丛中，尼摩艇长肃穆地安葬了昨天死亡的那个艇员。我和两个同伴也虔诚地鞠了躬。

　　晚上大约七点钟，"鹦鹉螺"号在乳白色的水面行驶。一眼望去，海水好像牛奶似的，康塞尔问我原因。

　　"这就是人们所说的'乳白色的大海'。在盎波尼岛海岸和这一带沿海经常可以看到这种美丽的白色波浪。白色是水中成千上万条细小发光的纤毛虫形成的。这些虫胶质无色，像一根头发那么细，大约两百微米长。这些纤毛虫聚集在一起，延伸在好几海里的海面上。"我详细讲解着。

　　艇员专心地听着我的解释，似乎忘记了同伴死亡带来的悲伤。

经过一段时间的航行，"鹦鹉螺"号来到了锡兰岛。尼摩艇长突然提议，带我们去看看原始的采珠人，了解一下他们的悲惨生活。

出发前，他向我讲述了采珠人是如何潜入水中捞取珍珠的，还说这些采珠人都会患上严重的职业病，一般活不长，而且收入十分微薄。

艇长示意我们蹲在一块礁石后面，仔细观察采珠人的活动。突然，一条大鲨鱼向采珠人发起进攻，艇长舍身相救，与巨鲨展开殊死搏斗。

艇长把采珠人救到小艇上，赠给他一袋珍珠。这一袋珍珠，将彻底改变他今后的命运。

"鹦鹉螺"号掉头西去，穿越阿拉伯海，朝红海航行。可红海是个死胡同啊，此时苏伊士运河还没完工，我们怎么通过它到地中海呢？

据考证，红海的海上情况是世界上最恶劣的。那是一片飓风肆虐的海区，水下遍布暗礁，很多船只仅行驶到沙坝边就沉没了，很少有人到那里冒险行船。

但尼摩艇长说不用担心，他在这里发现了一条海底通道，并把这条通道命名为"阿拉伯海底隧道"。

尼摩艇长告诉我们，以前在这个区域航行时，他发现红海和地中海里的鱼类品种完全相同，所以怀疑它们之间有通道相连。假如通道存在的话，海水肯定是从红海流向地中海，因为红海的水位要高一些。于是他开始寻找这条通道，后来经过诸多努力终于发现并穿越了这条通道。

一天晚上，"鹦鹉螺"号驶近苏伊士湾。尼摩艇长告诉我们，已经接近隧道的入口了。

尼摩艇长亲自掌舵，驾驶"鹦鹉螺"号顺着倾斜的隧道，以令人难以置信的速度箭一般地向前冲去。舷窗外的石壁急速地从眼前掠过，我的心激动得狂跳不止。不一会儿，速度慢了下来，尼摩艇长告诉我地中海到了！

我回到舱房，见尼德·兰和康塞尔正蒙头大睡，丝毫没有察觉"鹦鹉螺"号的壮举。

尼德·兰告诉我，他想逃跑。这让我很为难，因为我在这艘船上进行的研究要比过去几十年获得的成果多无数倍。不过最后我还是听从了他的意见，决定与他一起逃跑。但一路上潜艇不靠岸，也不浮出水面，我们根本没有机会。

一天，我们觉得艇内非常热，原来"鹦鹉螺"号来到了桑多林岛附近，我们正在沸水中航行。"鹦鹉螺"号周围的海水泛着白色，一片硫蒸气不断上升，海水像锅炉中的水一样沸腾。原来，在尼亚—卡蒙尼岛和帕莱亚—卡蒙尼岛之间的海沟里，一座海底火山正在喷发。

感受了海底火山喷发的震撼，我又静下心来观察地中海。地中海的水很蓝，岸上的橘子树、芦荟、仙人掌、海松散发着芬芳。但是这里不断受到战火的波及，是各方势力争夺世界霸权的战场，是地球上人类相互杀戮最惨烈的地方之一。

第二天，"鹦鹉螺"号以令人难以置信的速度驶出地中海。在这样的速度下，我们根本无法放下小艇逃走。海底的景象虽然只在眼前一掠而过，但也令我惊骇不已。我顾不上欣赏大自然的美景，盯着沉船的一幕幕惨状。

当天晚上，"鹦鹉螺"号进入了大西洋。

尼德·兰做好了逃跑的准备，而且不断地催促我。我心里很矛盾，很不安。

后来，潜艇在维哥湾停了下来，艇长给我讲述了1702

年西班牙船只被英国海军击沉的历史。接着，他命令艇员潜水打捞沉船上数不尽的金银财宝。

他对我说，打捞这些财宝，绝不是为了挥霍，而是为了救济世界上那些正处于苦难中的人们。我终于明白了，尽管尼摩艇长认为海底没有争斗、厮杀和独裁，拥有真正的自由，但他首先还是一个人。他的心仍在为人类的苦难而剧烈跳动，他仍然希望为受奴役的种族和人们送去自己的仁慈。

潜艇驶离欧洲大陆，越来越远，我们失去了一次逃跑的机会。对尼德·兰来说，这个消息令他非常沮丧，而我则无所谓。

一天半夜，尼摩艇长出人意料地来到我的舱室，单独邀请我在黑暗的夜晚进行一次奇妙的旅行。

在大西洋底纵横交错的石头迷宫中，我信心十足地跟着尼摩艇长。经过一段艰难跋涉，我见到了一座被毁坏的城市。塌落的屋顶，满目疮痍的殿堂，零散的拱门，横卧在地的廊柱，一切都显示出这里曾经是一座历史悠久的古城。大西洋城！我见到了柏拉图笔下的大西洋城——一片沉没的大陆。震撼再次充满我的心灵。

海面上出现了一群长须鲸，尼德·兰跃跃欲试，想去捕捉鲸鱼。

"毁灭这些善良无害的鲸鱼，是一件非常可耻的事。有那么一些人，他们就是这样把整个巴芬湾弄得没有一条鲸鱼。就是你们不去捕杀，它们的天敌已经不少了，例如抹香鲸、锯鲛之类。"艇长很不高兴。

但尼德·兰还是如愿以偿了。不久，来了一群抹香鲸，对它们，尼摩艇长没有丝毫同情之心，立刻下令击杀抹香鲸群。很快，抹香鲸死的死，逃的逃，消失不见了。

几天后，我们来到了南极，在岸上看到了数不清的海豹。这里的海豹分成不同的群体，雄海豹照看家庭，雌海豹哺育小宝宝。这些哺乳动物行走时身体一收一缩，笨拙可爱。

海牛的鳍相当于前臂。在水里，这些脊骨会动、骨盆狭窄、毛短而密、脚呈蹼状的海牛，正惬意地游动着。一旦回到地面上休息，它们又摆出一副优雅的姿态。

在南极，我们发生了一次事故。凌晨三点，我被一声强烈的撞击声惊醒。我从床上一跃而起，仔细倾听。突然，我被抛到了房间中央。显然，"鹦鹉螺"号刚刚发生了碰撞，艇体出现了严重的倾斜。原来它撞到了一座冰山。半个小时后，"鹦鹉螺"号又撞上了一堵冰墙。

一次次的撞击、水底的强压、水面的浮冰，将"鹦鹉螺"号置于万分危险之中。我甚至感到了死亡气息的接近——如果不能快速浮出水面，等待我们的只有灭亡。

终于，艇长发话了。

"先生们，在这种情况下，有两条死路。第一，是因压力而死；第二，是因窒息而死。但不会有饿死的可能性，因为艇上的食物储备肯定能坚持到我们死去。"艇长好像是一个正在给学生授课的老师。

储气罐只存储了两天的空气，四十八小时后，我们呼出的二氧化碳将充斥潜艇的每个角落。我们决定孤注一掷，用撞击的方式破冰。

最后，奇迹发生了！潜艇脱离冰层的包围，成功上浮，我们终于呼吸到了久违的新鲜空气。

一天，我见识了一种有生以来最可怕的动物。这是一条八米长的巨型章鱼。八条长蛇般的触须疯狂地扭动着，每条触须内侧都生有巨大的吸盘。它用巨大的海绿色眼睛盯着我们，强力吸盘则牢牢吸着舷窗的玻璃。这头怪物的嘴像鹦鹉的喙一样，是骨质的，此时正急速地一张一合。骨质舌头上武装着好几排尖牙，活像一把大铁剪。

十几条章鱼团团围住"鹦鹉螺"号，潜艇动弹不得。在艇顶平台上，大家和章鱼展开了激烈的搏斗。在生死关头，尼摩艇长挺身而出，救下了处于死亡边缘的尼德·兰，击退了这群可怕动物的进攻。

在此次人鱼大战中，有不少艇员牺牲，尼摩艇长十分伤心。"鹦鹉螺"号继续向北，航行在墨西哥湾的暖流中。

艇长用几种不同的语言写出了自己的研究报告，签上名字，装进一只容器中扔进大海，希望能为人类所得。

经过这次人鱼大战，我坚定了离开潜艇的决心，但离开潜艇的要求遭到了艇长的拒绝。

艇长告诉我们，上了"鹦鹉螺"号就不能再出去了。这次不愉快的谈话，让我们彼此都非常不高兴。我们没时间争论，因为夜里十点，暴风雨来临了。在狂风巨浪中，尼摩艇长站在艇顶，迎接着风浪。

不久，一艘战舰盯上了"鹦鹉螺"号。这让我们燃起了逃出去的希望。战舰开始炮击"鹦鹉螺"号，尼摩艇长显然已经成为全世界的敌人。

"我就是公理，我就是正义，我是被压迫者，他们是压迫者！这就是问题的所在。我曾钟爱、珍爱、尊敬的一切，祖国、妻子、儿女、父母都离我而去了。我之所以憎恨一切，就是因为这个。"尼摩艇长陷入了疯狂。

他指挥潜艇撞向军舰。很快，军舰下沉了，无数水兵葬身于暗无天日的海底。

舱室里，尼摩艇长注视着一位妇人和两个孩子的肖像。他凝视着他们，几分钟后，伸出双手把肖像搂在胸前，哽咽不止。

经过这次事件，我对尼摩艇长产生了一种无法克制的憎恶感。不管从人类那里受过怎样的痛苦，他都没有权力进行这样的惩罚。还有，他虽说没让我做同谋，但至少让我做了他复仇的证人。这太过分了！

我明白，这种状态决不能再持续下去了。

这一次，我主动找到尼德·兰和康塞尔，说出了逃跑的计划。逃走之前，我来到尼摩艇长的舱室，听见他正在喊叫。正当我们实行逃跑计划的时候，潜艇驶入了一个巨大的漩涡。趁其他人疲于奔命，我们用最快的速度登上小艇，从潜艇里弹射出去。我一头撞在一根铁条上。在重击下，我失去了知觉。

　　醒来时，我躺在罗佛丹岛一个渔民的小木屋里。我的两个同伴安然无恙地站在身边，握着我的手。

　　"鹦鹉螺"号怎么样了？它能挣脱漩涡吗？尼摩艇长还活着吗？他还会在海底继续那种可怕的复仇行为吗？海水会不会有一天把那本记载着他全部生活经历的手稿带到人间？我希望能。我也同样希望"鹦鹉螺"号能从可怕的大漩涡中幸运脱险。假如它逃过这一劫难，假如尼摩艇长仍旧生活在海洋深处，我衷心地希望，他对世界的仇恨能最终消失。